KB208497

# 퇴사하기 좋은 날씨다

이리와 수진 에세이

해피북스
투유

# Prologue°

오늘, 당신의 날씨는 어떤가요?

우리는 날씨 이야기로 하루를 시작하곤 합니다.
아침에 일어나 하늘을 보고 그날의 일진과 기분을
예상하기도 하지요.

어색한 사이라면 이런 대화를 나눌지도 몰라요.
오늘 날씨 좋지요?
곧 비가 올 것 같은데요.

친구들은 말합니다.
아무것도 하기 싫은 날씨야.

엄마는 말합니다.
날이 흐려서 그런가 몸이 쑤시네.

날씨는 우리의 몸과 마음을 흔들고 일상을 들었다 놨다 합니다.
때로는 날씨한테 화풀이하고 날씨를 핑계로 게으름을 피우지요.
날씨와 날씨 사이에서 길을 잃기도 하고 좌충우돌하기도 하지요.

내일의 날씨를 100퍼센트 예측하기 어렵듯 우리의 내일도
어떤 일이 벌어질지 몰라요.
소망과 불안 속에서 앞만 보는 우리들.
삶의 흔들림과 떨림 속에서 살고 있는 당신에게 날씨를
선물해주고 싶습니다.

일상의 작은 변화들을 감지하며 당신만의 날씨 이야기를
만들어보면 어떨까요?

삶의 속도에 치이다 정지선에 다다른 당신.
천천히 다시 자신과 주변을 살펴보아요.
뒤를 돌아봐도 좋고, 멀리 봐도 좋아요.
그 순간 당신의 마음 날씨는 달라질 거예요.

당신이 잠시 멈춘 지금
오늘, 당신의 날씨는 어떤가요?

_수진

## 1.

## 퇴사하기 좋은 날씨다

오늘의 날씨 맑음 때때로 흐림
오늘의 마음 후련 때때로 불안

#WTF #퇴사 #이젠날놓아줘

## 2.
## 알람 끄기 좋은 날씨다

퇴사한 다음 날
알람이 울리기 전에 일어났다
잠시 후 알람이 울릴 거야
7년 하고도 9개월 하고도 3일 동안 그래왔으니까
울리지 마라
울리지 마라
울리지 마라
근데 왜 눈물이 나지?

#이유없는눈물에도 #이유가있다
#내가모를뿐 #알람과눈물

3.

## 빨래방 가기 좋은 날씨다

밀린 빨래를 들고 빨래방에 간다
'나 퇴사했다 ^o^;'
엄마와 친구들에게 문자를 보내려다 그만둔다
그만두는 것은 좋은 것이구나

#하지말라면더하고싶은법
#불멍에버금가는빨래멍

## 4.
## 벽지 무늬 세기 좋은 날씨다

행복하다?
행복하지 않다?
행복하다?
행복하지 않다?
행복하다??

## 5.
## 택배 받기 좋은 날씨다

어, 사람이 있네요?
퇴근하면 문 앞에 있던 택배 상자
처음으로 택배 기사님과 인사한다
네, 사람이 있습니다

#그동안고생많으셨죠
#이제합배신경쓸게요

6.

## 일광욕하기 좋은 날씨다

빌라 꼭대기 층에 살면서
처음으로 올라간 옥상
바닥에 버려진 우산이 있다
우산을 펼쳐 들고
옥상에서 골목을 본다
내가 저런 길을 걸어 다녔구나

## 7.
## 조조영화 보기 좋은 날씨다

이렇게 많은 사람이 아침에 영화를 보고 있다니…
그리고 왜 이렇게 커플이 많은 거야?
아침부터 팝콘을 먹으면 소화가 되니?
내 뒤의 여자는 왜 울고 있을까?

#커플지옥 #싱글전용석이필요하다

## 8.
## 프사 바꾸기 좋은 날씨다

오랜만에 들어간 SNS
다들 왜 이렇게 예뻐진 거야
헐, 이 자식 애까지 생겼네
행복 모드로 바꾸고
직업란을 백수로 바꾸려다 그만둔다

#프사란 #양심과소망사이

## 9.

## 미용실 예약하기 좋은 날씨다

세라 언니 그만두셨어요
어디로 가셨어요?
글쎄요, 다른 분은 어떠세요?
세라 언니 연락처 좀 알려주세요
이 일을 그만두셨어요

#그짓말 #울언니돌려줘
#미용실정착은왜이리어려운가

## 10.
## 안 해, 라고 말하기 좋은 날씨다

커트 전 샴푸한 머리로 앉아 있다
뭔가 맘에 들지 않는 디자이너
수다스럽고 화장도 이상하다
어떡하지?
저, 저기요. 저 다음에 할게요
네, 그렇게 하세요. 머리 말려 드려요?
네, 아니요, 네, 감사합니다

#지금말해 #입술아떨어
져 #인생도머리도타이밍

## 11.
## 속옷 고르기 좋은 날씨다

손님, 혹시 저 아시지 않나요?
모르겠는데요
사실 아는 사람이다
지은이
엄마 친구의 딸이자
내 남친과 눈 맞은 년

#A컵인데너땜에산다C컵
#돈지랄 #나쁜년
#나가는문이어디였더라

## 12.
## 첫 단추 잘못 끼우기 좋은 날씨다

엄마, 나 어제 지은이 만났어
너 첫 단추 잘못 꼈다
요즘 옷이 그래
무슨 옷이 그래? 근데 누구 만났다고?
지은이
이거 엄마 선물
그리고 나 퇴사했어

#엄만좋겠다 #C컵이라서

## 13.
## 길냥이 따라가기 좋은 날씨다

집 앞에서 길냥이를 만났다
엄청 몽글몽글하다
이리 와
이리 오지 않는다
이리 와
이리 오지 않는다
이제 너의 이름은 이리다
이리가 꼬리를 흔든다

#너희들은어쩜그렇게예쁘니

## 14.
## 읽다 만 책 읽기 좋은 날씨다

북페스티벌
친구가 일하는 출판사 부스로 찾아갔다
너 일 그만뒀다고 지금 나 약 올리려 온 거지?
응 아니, 맞아
≪읽다 만 책 쓰다 만 글≫
이 책 재밌어?
뭐래, 그거 내가 너한테 선물한 책이잖아

#미안해친구야 #이제
야책을볼마음이생겼어

## 15.
## 아이스크림 떨어뜨리기 좋은 날씨다

떨어진 아이스크림을 보며 아이가 울고 있다
아이의 엄마가 아이를 달래준다
어느 새 이리가 다가와 아이스크림을 핥아 먹는다
저리 가 돼지야
아이가 소리친다
이리는 저리 가지 않는다

#뭐라는거냥 #그거아냥
#내가일어서면너보다커

16.

## 공항버스 타기 좋은 날씨다

공항버스를 탄다
창밖으로 보이는 풍경이 아름답다
다 왔습니다
하나둘 사람들이 서둘러 내린다
각자의 삶이 다르듯 저마다 다른 캐리어를 끌고 간다
손님, 안 내려요?
'네. 안 내리면 안 되나요?'

## 17.
## 여행 계획 세우기 좋은 날씨다

14:05 파리
14:05 프랑크푸르트
14:10 마카오
14:15 로스앤젤레스
14:20 오사카
14:20 웨이하이
15:05 바르셀로나
비행기 스케줄을 본다
지금 당장 떠날 수는 없을까?
퇴사하면 바로 떠날 줄 알았다

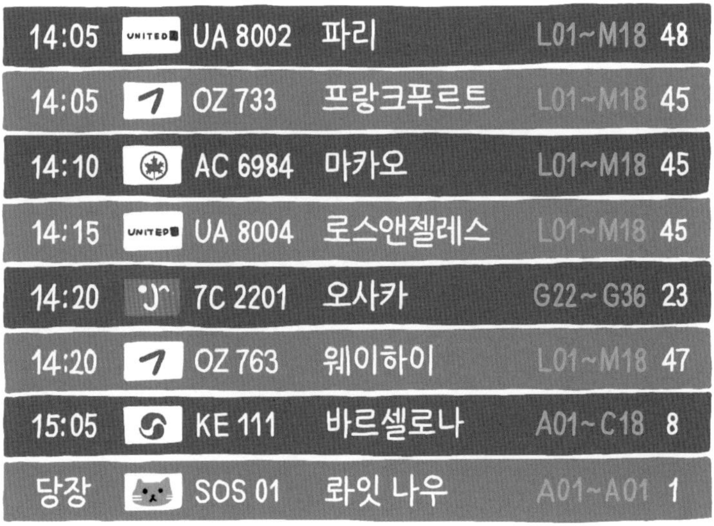
14:05 UNITED UA 8002 파리 L01~M18 48
14:05 OZ 733 프랑크푸르트 L01~M18 45
14:10 AC 6984 마카오 L01~M18 45
14:15 UNITED UA 8004 로스앤젤레스 L01~M18 45
14:20 7C 2201 오사카 G22~G36 23
14:20 OZ 763 웨이하이 L01~M18 47
15:05 KE 111 바르셀로나 A01~C18 8
당장 SOS 01 롸잇 나우 A01~A01 1

#당장어디로든떠나는 #랜덤티켓이있으면좋겠다 #롸잇나우

18.

## 혼술하기 좋은 날씨다

혼술 환영
혼술하는 사람은 나밖에 없다
손님이 나밖에 없다
흑미고로케
개발 중인 안주인데 드셔보세요
생긴 것도 그렇고 뭐라 말하기 어려운 맛이네
옆에 앉아 있는 술집 멍멍이가 맛없지? 하는 표정으로 나를 쳐다본다

#니맛도내맛도아닌디 #멍
멍이너 #내맘아는것같은데

19.

## 라디오 사기 좋은 날씨다

동묘 앞 벼룩시장
구제 옷을 사고
여기저기 둘러본다
물건 볼 줄 아네
이거 되는 거 맞아요?
되겠지
안 되면요?
장식해, 앤티크야

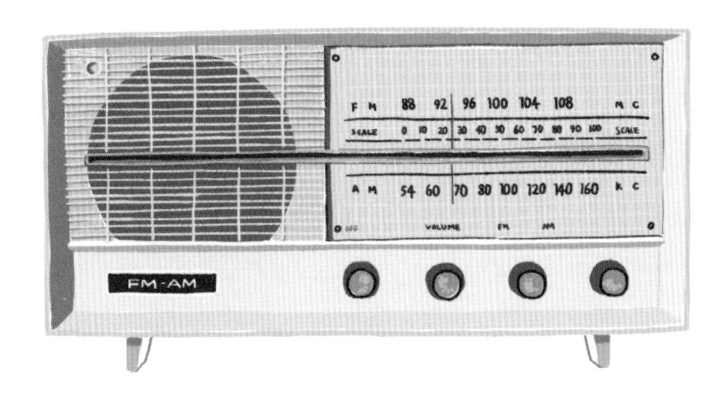
F M 88 92 96 100 104 108 M C
SCALE
A M 54 60 70 80 100 120 140 160 K C
VOLUME
FM-AM

#누구의것이었을까

## 20.
## 동네친구 만들기 좋은 날씨다

동네 마트
나도 모르게 눈이 간 고양이 사료
집 앞 골목에 놓아둔다
몰래 숨어 바라본다
이리가 다가와 사료 냄새를 맡고 그냥 돌아간다

#참치맛이아니자냥

## 21.
## 유혹에 넘어가기 좋은 날씨다

일주일 동안 고양이 사료를 두었다
어느 날 문을 열어보니
문 앞에 이리가 웅크리고 있다
문을 열자 못 이기는 척 집 안으로 어슬렁 들어온다
뭐, 이런 고양이 같은 경우가 다 있지…
안 돼, 난 아직 준비가 안 됐어

#이집이좋겠어 #재나랑좀
맞을것같애 #너의준비는필
요없다 #나의결심이있을뿐

## 22.
## 집사 되기 좋은 날씨다

동물병원에서 접종받고 털 정리한
이리가 방 안을 돌아다닌다
무언가를 찾고 있다
접시에 우유를 담아 준다
먹지 않는다
이리야 먹어
먹지 않는다
아이스크림을 접시에 담아 준다
먹는다

#체리쥬빌레가진리 #역
시내가고른집사느낌안다

## 23.
## 생선 고르기 좋은 날씨다

동네 재래시장
생선가게 앞에 걸음을 멈춘다
고양이는 정말 생선을 좋아할까
주인과 아줌마의 흥정
자, 이거 봐 신선한 거야
생선의 아가미를 들춰 보여준다
붕어빵을 사 들고 집으로 돌아온다
이리가 붕어빵을 갈가리 찢어놓는다

#붕어빵은어쩌다
붕어빵이됐을까

24.

## 드라마 정주행하기 좋은 날씨다

시즌이 종료된 드라마를 보기 시작한다
매회 아슬아슬하게 끝나는 마무리
이번 것만 보자고 하고 아홉 시간 동안 보다 잠들었다
눈을 떠보니 이리가 드라마를 계속 보고 있다
너 어떻게 다음 시즌을 보고 있어?

저것들이 ···

## 25.
## 아빠 전화 받기 좋은 날씨다

아빠가 세 번 전화하면
한 번 받을까 말까 했다
통화목록의 아빠 번호를 확인한다
번호가 없다
오늘은 아빠의 기일이다

#돌이킬수없는
#어떤시간들

## 26.
## 연필 깎기 좋은 날씨다

마음이 심란할 때마다 연필을 깎는다
가지런히 깎인 연필을 보고 있으면 마음이 편하다
쓰지 않은 연필들이 지나고 나면 뭉뚝해져 있다
세상엔 이해할 수 없는 일이 너무나 많다

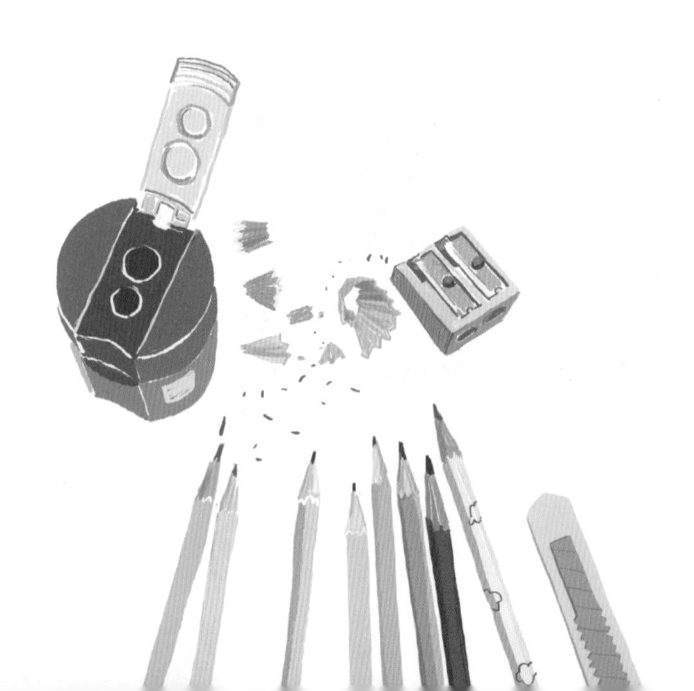

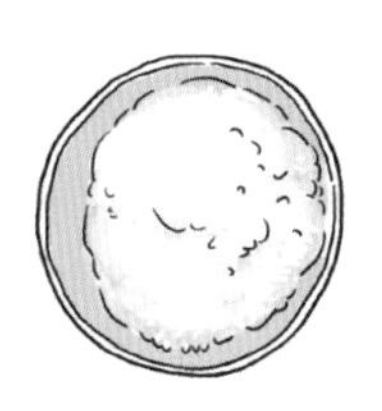
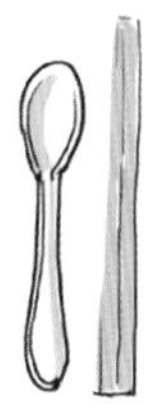

## 27.
## 모르는 사람 장례식장 가기 좋은 날씨다

한 번쯤 들어가 보고 싶었다
나와 아무 인연이 없는 사람의 장례식장
언젠가는 잠시 눈이 마주쳤거나
옷깃이 스쳤을지도
어쩌면 지하철을 타려고 내 앞에 서 있었을지도
내 앞에 놓인 육개장
감사합니다
잘 먹겠습니다

## 28.
## 신발 끈 묶어주기 좋은 날씨다

새 운동화 끈을 묶는다
어릴 적 아빠가 내 앞에 쪼그려 앉아 신발 끈을 묶어주곤 했다
“아빠는 가마가 두 개네”
“가마가 두 개면 장가를 두 번 갈 수 있다, 하하”
아빠는 두 번째 부인과 살다가 같은 날 함께 교통사고로 죽었다

#아직도믿어지지않는 #내가아는누군가의
인생 #내가가는날도정해져있는건아닐까

## 29.

## 서명하기 좋은 날씨다

광화문 광장
서명을 부탁하는 사람들
억울하게 죽은 사람이 너무나 많다
살릴 수 있었는데 살리지 못한 사람이 너무나 많다
내 이름이 뭐라고 고마워하시는 걸까
내 이름을 쓰는 게 부끄럽다 미안하다
그래도 그러니까 써야 한다

좋은 건
같이 하는 거라고
배웠습니다만.

## 30.

## 내가 태어난 병원 찾아가기 좋은 날씨다

엄마와 통화
갑자기 거긴 왜?
그냥 가보고 싶어서
엄마 집이나 와
봄봄산부인과는 사라졌고 초고층 상가가 들어서 있다

#자꾸만사라지는 #건물 #기억 #시간 #그리고나

## 31.

## 라면 반 개 더 끓이기 좋은 날씨다

퇴사하고 점점 살이 찌는 것 같다
다행히 무게는 그대로다
오히려 1.4킬로그램 줄었다
기계는 거짓말을 하지 않는다
기계는 거짓말을 하지 않는다
기계는 거짓말을 하지 않는다

#영혼의무게가21그람이라는데
#내껀1.4키로 #영혼없이산다

## 32.
# 반차 내기 좋은 날씨다

회사 동료를 우연히 만났다
퇴직하니 좋아요?
주연 씨는 어디 가요?
그냥 반차 냈어요
같이 좀 걸을까요?
좋아요

주연 씨
뭘 좀 아는구나.
이런 날씨엔
반차죠.

## 33.
## 술병 스티커 떼기 좋은 날씨다

주연 씨와 술을 마신다
회사 다닐 때는 서로를 잘 몰랐던 우리
고양이 키우세요?
내 옷에서 털을 떼준다
이상하게 얼굴이 달아오른다

#친하지않은누군가와의
한두시간이좋아지는요즘

## 34.
## 남의 음식에 손대기 좋은 날씨다

반려동물을 키워본 사람들이 한 번씩 겪는다는
유혹에 못 이겨
이리의 영양간식을 먹는다
생각보다 심심한데 고소하고 맛있다
맥주를 부르는 맛이네
인터넷으로 좀 더 주문한다
키야오밍
이리가 처음 들어보는 울음소리를 낸다

#키야오밍 #뭐이런
닝겐이 #내꺼다냥

35.

## 플레이 리스트 만들기 좋은 날씨다

하루 종일 이리를 관찰한다
음악들을 들려주고 반응과 시큰둥을 체크한다
의외로 힙합을 좋아한다
고양이가 들어간 가사들에는 미동도 없다
뮤지컬 〈캣츠〉를 들려주자 다른 곳으로 간다
이리가 꼬리로 박자를 맞추는 음악으로
플레이리스트를 만든다

#너좀한다

## 36.
## 아기 분유 먹기 좋은 날씨다

대학 선배 언니의 집
아기 냄새가 가득하다
분유 먹어볼래?
언니가 내 입에 넣어준다
아무 맛도 안 난다
맛없지? 요즘 껀 그래
퇴사하니 좋아?
아기 키우니 좋아?
서로 마주 보며 웃기만 하는 우리

만져봐도 될까.
물진 않아.

## 37.
## 휴지통 비우기 좋은 날씨다

컴퓨터 바탕화면의 휴지통을 비운다
세 개의 메일 계정으로 들어간다
메일 휴지통을 비운다
회사 메일로 로그인을 해본다
'사용자를 찾을 수 없습니다'
아직도 미련이 남은 거니?
내 머릿속 휴지통을 비울 수는 없을까

휴지통에 메일이 없습니다.

머릿속에 휴지통이 없습니다.

#휴지통으로이동 #휴지통비우기
#버리고비우는 #간편하고어려운일들

38.

## 목욕탕 가기 좋은 날씨다

오전의 동네 목욕탕
내가 제일 어린 여자다
너무나 오랜만이라 아줌마 할머니들이
내 몸만 쳐다보는 것 같다
탕 안에 들어가 작은 창 밖으로 보이는
하늘을 본다
시간이 멈춰 있는 것만 같다
몇 살이유? 내 딸이랑 비슷해 보이네
아줌마가 묻는다
세 살 어리게 대답한다
그렇게 안 보이는데
몸이 점점 탕 안으로 빨려 들어간다

#탕에서 #질문금지 #시선금지

## 39.
## 고양이카페 가기 좋은 날씨다

고양이캐리어에 이리를 담아
고양이카페에 간다
친근하게 반겨주는 사람들
고양이 이름을 물어보고 정보를 교환한다
엄마가 되는 게 이런 기분일까
잠시 후 이리도 나도 혼자가 되어
카페 한구석에 앉아 있다
혼자가 되어도 좋다

#너네통성명하는거맞지

40.

## 입덕하기 좋은 날씨다

중고등학교 때도 별 관심이 없던 아이돌
갑자기 아이돌의 음악과 춤, 그들의 일상에 빠져든다
아이돌을 검색하고 계정을 찾아 팔로우를 한다
그들을 보고 있으면 가슴이 뛰고
머릿속이 리셋되는 기분이다
하나도 이상한 게 아니야
자연스러운 거야

#입덕에장사없다
#심장아나대지마

## 41.
## 사표 쓰기 좋은 날씨다

친구의 전화
너 사표 어떻게 썼어?
사표 쓰는 법 좀 알려줘
작년 이맘때 나 역시
사표 쓰는 법을 몰라 망설였었다
사표 쓰는 법을 모르는 것이 아니라
누군가의 조언이 필요한 순간이었다

사표쓰는 법

사직서 양식과 사직서 쓰는법 알아보기 :: ...
https:

현명하게 퇴사하기 – 이리잡스
https://

사직서 쓰는법과 마무리를 잘하기. ::
https://

사직서를 쓰면 생기는 일들 - 브런치
https://

후회없는 선택! 사직서 쓰는법과 사직서 양식4종 ::
https://

'사직서'를 던지고 싶은 순간! 사직서작성방법
https:

사직서 쿨하게 쓰는 법
https://

## 42.
## 양말 꿰매기 좋은 날씨다

양말 구멍을 쳐다본다
오랫동안 좋아한 양말
얼마만에 바느질을 하는지 모른다
나도 모르게 바늘로 머리를 긁는다
골무, 바늘구멍, 쪽가위, 버선양말
할머니의 바느질을 떠올린다

43.

## 통장 잔고 확인하기 좋은 날씨다

은행 현금인출기 앞
명절을 앞두고
사람들이 줄을 서 있다
무심코 나도 줄을 서본다
아무것도 안 한 것 같은데 잔고가 점점 줄어든다
잔고가 줄어들어도 계속 아무것도 안 하고 싶다

#버터보자

44.

## 인생 사진 바꾸기 좋은 날씨다

어느 집안에나 핵아싸들이 있다
18살 때 가출, 21살 때 첫 결혼
두 번 이혼하고 세 번 결혼한 이모
이모의 집에 걸린 새로운 결혼사진
이번이 마지막이야, 라고 생각하지만
계속 새롭게 시작된다
그래도 이번이 마지막이야, 라는 생각이
없으면 삶의 변화는 없어
난 남자를 좋아하는 게 아니야
사랑할 사람이 필요한 거야
사랑에 잘 빠지는 사람의 말은 믿거나 말거나다

#돌이켜보면 #지난연애들 #나도그게다
이지않았나 #사랑에빠진내가좋았을뿐

45.

## 내가 뽑은 국회의원 검색하기 좋은 날씨다

다음 주에 있을 국회의원 선거
집에 도착한 홍보지들을 살펴본다
투기에 횡령, 각종 비리에 연류된
사람이 또 입후보했다
바쁘고 피곤하다는 핑계로
아무나 되면 어때, 하고 지냈다
그러다 나의 세금이 줄줄 세고 엉망이 된 것 같다

#해보자 #투표부터

## 46.
# 강릉 가기 좋은 날씨다

밤 10시
친구의 갑작스러운 전화
니 집 앞이야
강릉 가자
이런 친구가 있으니 행복하다?
지금 이 시간에 같이 갈 사람이 너밖에 없어

#백수되고좋은점
#전천후위로스트

47.

## 7번 국도 타기 좋은 날씨다

애인과 헤어졌다며
운전을 하면서 눈물을 흘리는 친구
강릉에서 하루를 보내고
7번 국도를 타고 남쪽으로 계속 내려간다
흔들리는 구름이 지난 기억을 떠올리게 하고
흔들리는 나무가 지난 감정을 다독인다

## 48.
## 채식하기 좋은 날씨다

부산 범어사
천주교 신자인 친구
성호를 긋고 절밥을 먹는다
맑은 빛과 바람, 비를 맞은
풍성한 자연의 음식들
맛있다
건강해지는 기분
작심삼일 채식을 해보자

## 49.
## 여행 가다 헤어지기 좋은 날씨다

친구를 찾아온 애인
언제 그랬냐는 듯 서로 달라붙어 있다
둘을 남겨 놓고 혼자 기차를 타고 올라온다
세상에 나쁜 사람은 없다
나쁜 연인들만 있을 뿐이다

#잡것들

50.

## 가족과 식사하기 좋은 날씨다

고양이 간식을 사 들고 집으로 온다
이리가 반갑게 맞아줄 줄 알았는데
시큰둥하다
이제 진짜 가족이 된 걸까
함께 산다는 것
가족이란 원래 본체만체하면서
서로의 뒷모습이나 잠든 모습을 확인하는 거겠지

이제 오는가?

## 51.
## 향수 고르기 좋은 날씨다

백화점 1층
나를 붙잡는 향기
아직도 내 몸에 맞는 향수를 잘 고를 수 없다
몇 개의 향수를 선물받았지만
끝까지 써본 적이 없다
테스트를 할수록 점점 더 모르겠다
특정 향수를 고집하는 사람들이 부럽다
비슷한 취향과 유행 속에서 어떻게 나를 증명할 수 있을까

#찾고싶다 #좋은냄새
#갖고싶다 #나의냄새

52.

## 서랍 정리하기 좋은 날씨다

퇴사하고 책상 아래 처박아 둔 회사 박스를
처음으로 열어본다
액자와 문구들
손거울, 핸드크림
몇 개의 서류
초롱초롱한 눈으로
인수인계한 내 후임은 지금 어떻게 달라졌을까
내가 책상 밑에 새겨 놓은 'ㅆㅂ'을 만져봤을까

## 53.
## 남의 말 엿듣기 좋은 날씨다

카페에 앉아 차를 마신다
뒤에 앉은 연인이 다툰다
그러니까 왜 그렇게 말해
내가 뭘 어떻게 말했는데
지금도 그렇게 말하고 있잖아
내 말이 어때서?
둘에게 필요한 건 말이 아니라 말의 잠시멈춤이 아닐까

#지금알겠는걸
그때에도알았더라면

54.
# 시집 사기 좋은 날씨다

동네에 새로 생긴 작은 서점
한때 문학소녀를 꿈꾸기도 했고
출판사 외주를 받아 북디자인을 한 적도 있지만
이제 뭘 읽어야 할지 모르겠다
저 시집 좀 추천해주세요
어떤 시가 필요해요?
고양이에게 읽어 줄 시가 필요해요

봄은 고양이로다…
헐!
봄 시러!!
미세먼지 극혐.

55.

## 달력 넘기기 좋은 날씨다

달력을 넘기다 종이에
손가락을 베였다
손가락을 빨고
머리 위로 손을 올려 돌렸다
이렇게 노는 데도 시간은 잘도 간다
반쯤 찢어진 달력이
안녕 안녕 하며 손을 흔드는 것 같다
마저 찢으려다 그만둔다

## 56.
## 첫눈 기다리기 좋은 날씨다

눈이 내리는 것을 하염없이 보고 있다
첫눈은 아니지만 첫눈처럼 느껴진다
매년 첫눈이 오면 어디서 살든
서로를 생각하자고 말한
중학교 때 친구가 떠오른다
서로 비밀노트를 공유하고
나의 입술을 처음으로 훔쳐간 아이
두 아이의 엄마가 되었을지도
나와 다른 여자와 살고 있을지도 모른다
내일도 첫눈이 내릴 것이다

#바라던첫키스는따로있었는데
#그게뭐였을까 #비밀일기

## 57.
## 외국어 배우기 좋은 날씨다

뭔가 몰두할 게 필요하다
동영상 강의들을 검색한다
스페인어, 프랑스어, 중국어, 일본어, 독일어
1강을 차례로 듣는다
이리가 다가와
알아들을 수 없는 소리를 낸다
그래, 내가 가장 알고 싶은 건 고양이의 언어다

#이제좀알것같아
#네맘내맘 #네말내말

58.

## 건강검진 하기 좋은 날씨다

엄마와 건강검진 받으러 온 날
내시경을 마치고 해롱해롱거리며
나오자 엄마가 눈물을 흘리고 있다
니가 나보다 늦게 나와서 걱정했잖아
엄마, 배고파

#내시경 #수면마취 #고통은없지만
억울한기분 #배고파서더억울한기분

## 59.
## 약도 그리기 좋은 날씨다

할머니 한 분이 나에게 길을 물어본다
모르는 곳이다
잠시만요
핸드폰 맵으로 검색해본다
손가락으로 짚어가며 길을 찾아본다
할머니가 주머니에서 종이를 꺼내
나에게 약도를 그려달라고 한다
난 아직도 이게 편해
내가 한 번도 가보지 않은 길을
누군가는 절실하게 찾고 있다
집에 돌아와 침대에 누워 천장에 약도를 그린다
내가 찾는 길을 약도로 그릴 수 있을까

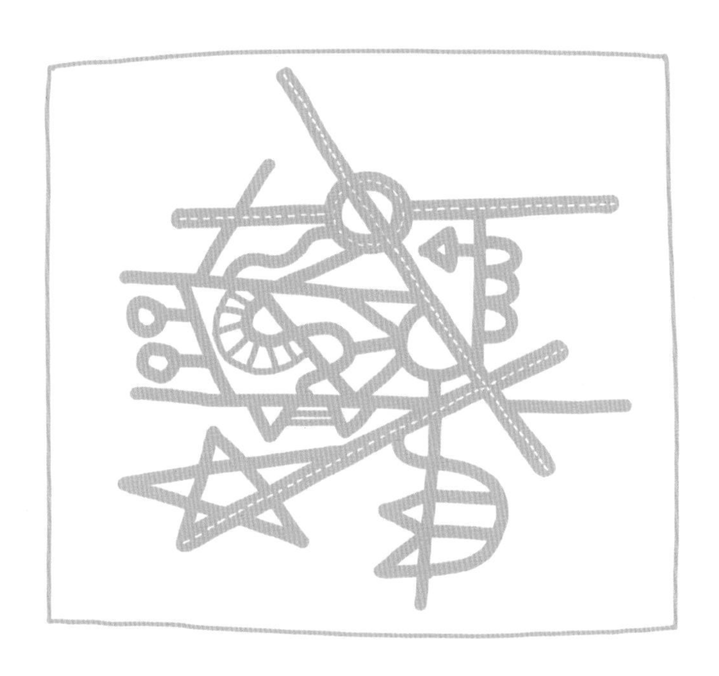

#내인생의약도 #길치인생

60.

## 베갯잇 갈기 좋은 날씨다

내가 사랑하는 일 중에 하나
베갯잇을 갈 때 기분이 엄청 좋다
섬유 냄새와 마른 천의 서걱거림
어제와 다른 잠을 잘 수 있다
베갯잇을 갈자 이리가 먼저 와 웅크린다

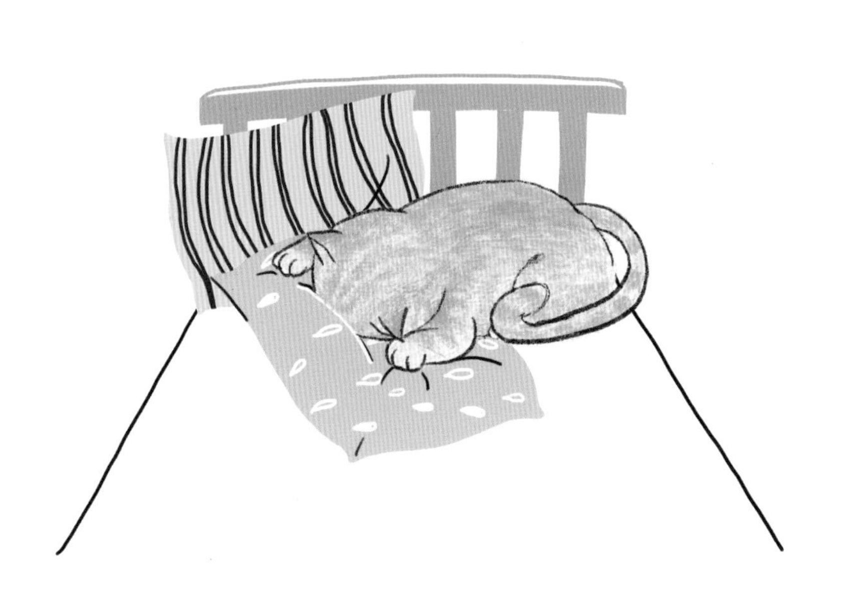

#저기요 #내꺼거든

## 61.
## 목소리 떨기 좋은 날씨다

아이돌 팬사인회
나와 비슷한 나이의 여자들이 많다
오피스룩 차림의 여자들도 눈에 띈다
이름이 어떻게 돼요?
네? 나도 모르게 목소리를 떨며 말한다
이리요

#그목소리는종교의율법 #그미소는
우주의섭리 #덕NA발견 #제3의기쁨

## 62.
## 걱정인형 만들기 좋은 날씨다

동네 카페에서 하는 일일 공방
걱정인형 만들기
종이에 깨알 같은 글씨로
불안, 분노, 우울한 일들을 적어
인형의 배 속에 넣는다
솜을 뭉쳐 인형의 배 속에 숨을 불어 넣고 봉한다
주머니에 손을 넣으면 걱정인형이 내 손을 잡아준다

63.

## 고양이자세 하기 좋은 날씨다

캣타워에 매달려 스트레칭을 하고 있는 이리
이리를 따라 스트레칭을 한다
고양이자세로 허리를 쭉 편다
뚝뚝 소리가 난다
에구구구구
거꾸로 누워 있는 나를 돌리기 위해
임신한 엄마는 고양이자세를 했다고 한다
끝까지 내가 고집을 피워 제왕절개를 했고
그때부터 엄마 말을 듣지 않았다고 한다
에구구구구

#스트레칭의가장어려운점 #꾸준히해
야한다는것 #모든일이그런것같기도

## 64.
## 했던 말 주워 담기 좋은 날씨다

친구와 사소한 말다툼을 하고 돌아오는 길
지하철 안에 종이 뭉치가 굴러다니고 있다
아무도 줍지 않는다
종이 뭉치에 내가 한 말들이 구겨져 있는 것만 같다
지하철 문이 열리고 우르르 사람들이 몰려들어온다
종이 뭉치가 차이고 밟힌다
내리기 전 종이 뭉치를 주워 주머니에 넣는다
내가 한 말들을 곱씹어본다

#후회가싫다면 #말을줄이자

## 65.
## 펑펑 울기 좋은 날씨다

소반에 차려 놓은 명란계란덮밥을 먹다가
갑자기 눈물이 쏟아진다
아무 이유 없이
명란계란덮밥이 너무 맛있어서?
명란계란덮밥이 너무 맛없어서?
아무 이유 없이
펑펑 눈물이 쏟아진다
퇴직을 하고 너무 자유로워서?
자유로움이 지나쳐 다시 막막해져서?

#브로콜리너마저 #그노래가나
오고있었다 #노래때문일거야

## 66.
## 이불 속 손 잡아주기 좋은 날씨다

아무것도 하는 일이 없어도
코가 막히고 기침이 나고
열이 오르고 몸이 떨린다
이리가 다가와 이불을 덮어주고
내 이마에 손을 올려준다
이불을 박차고 일어나기 전까지
이불을 덮고 있을 수 있다

#너밖에없다 #받아본사람
만안다는 #솜방망이위로

## 67.
## 리포터 원피스 검색하기 좋은 날씨다

오늘의 날씨를 알려주는
리포터가 화사한 원피스를 입고
일주일 동안 맑은 날씨를 예고하고 있다
그거 어디서 샀어요?
옷 한 벌로 삶이 바뀌는 순간을 생각해본다

#이제는안다 #옷은옷일뿐
#몸이같아야 #같은옷

## 68.
## 낭독회 가기 좋은 날씨다

새로 산 원피스를 입고
친구가 일하는 출판사의 낭독회을 간다
시인 두 명이 서로 마주 보면서 낭독을 한다
독자 참여 낭독에 내가 가진 번호가 뽑혔다
앞으로 나가 시를 읽는다
박수를 받는다
자리로 돌아와 붉어진 볼을 만진다
내가 무엇을 읽었는지 모르겠다
하지만 시를 읽기 전과 읽은 후의 나는 다른 사람이 된 것 같다

#생전안해본일들
#그냥한번해보자

69.

## 핸드폰 바꾸기 좋은 날씨다

산책을 하다가 핸드폰을 떨어뜨렸다
떨어지는 순간 손으로 잡을 수도 있었는데
일부러 손을 멈췄다
바닥에 떨어져 액정이 조각조각 깨진 것을 보고
뒤늦게 후회했다
아니 잘됐는지 모른다
이 기회에 번호로만 남아 있는 사람들을 정리할 수 있다

#불길하고속시원한 #어쩔수없
음이라는결론으로 #불편함의진
짜이유를회피하는 #그런느낌

70.

## 호캉스 가기 좋은 날씨다

호텔 로비에서 엄마가 기다리고 있다
무슨 일이야?
너랑 호텔놀이 하고 싶어서
엄마와 팩을 한 채 침대에 누워 있다
가끔 이런 호사도 누리고 살아야지
그래 맞아
엄마, 남친 생긴 것 같아.
뭐라고?

#나도없는남친을 #능력자

## 71.
## 우산 잃어버리기 좋은 날씨다

비 오는 날
친구와 카페에서 수다 떨다가
친구는 먼저 가고
혼자 있다가 나오려고 할 때
우산이 없어진 것을 알았다
모르고 가져가버린 것일까, 슬쩍 훔쳐간 것일까
3년 전 휴가 내고 유럽 여행 갔을 때
체코에서 산 특별한 우산
아껴 쓰던 것이다
카페 주인이 계속 미안해하며
우산 하나를 건네준다
어느새 비는 그쳐 있다

72.

# 형광등 갈기 좋은 날씨다

거실 형광등이 깜빡거린다
이럴 때 남자가 필요하다고 했던가
하지만 어릴 적에도 엄마와 내가 등을 갈고
화장실 수도꼭지를 고치고 망치질을 했다
의자에 올라가 형광등을 간다
발돋움하고 팔을 쭉 뻗는다
누군가 필요하다
이리가 나보다 높은 위치에서 혀를 내밀며 내려다본다

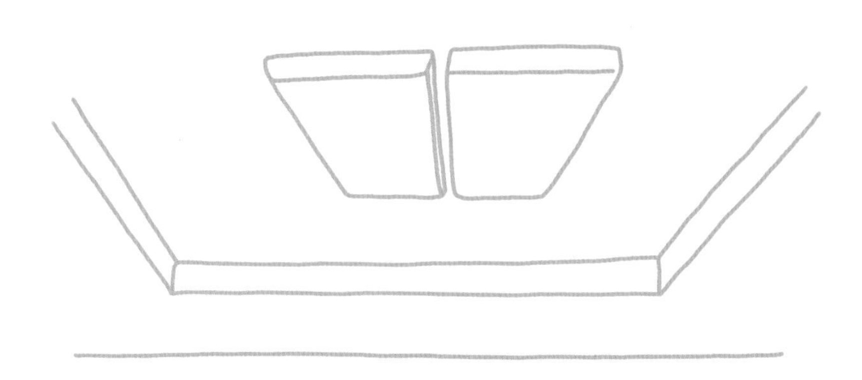

#매년천장이높아진다

73.

## 좋아요 누르기 좋은 날씨다

사람들의 유튜브 일상 영상들을 보고 있다
다들 외로워서 맛있는 거 먹고
외로워서 여행 가고 외로워서 일하기 싫고
외로워서 걸어 다니고 외로워서 기다리고
외로워서 전화를 걸고
외로워서 위로가 필요하고
눈앞에 보이는 것이 그들 삶의
작은 부분이라고 해도
자신을 아끼는 방법을 배우고 있는 게 아닐까

나도
계정 하나 주라.

## 74.
## 출사 하기 좋은 날씨다

대학 시절 디카동아리였다
한 달에 한두 번씩 야외로 출사를 나가곤 했다
사진을 찍을 때마다 갑자기 얼굴을 내밀던 녀석
몇 장은 지웠고 몇 장은 지우지 못했다
결국 남자친구가 되었고
새 디카도 선물받았다
서랍 한구석에 남아 있는 디카
메모리카드가 없다
아무것도 저장할 수 없는 디카를 들고 나간다

#메모리카드없음 #기억조작가
능 #없는추억도만들어주는디카

## 75.
## 사주 보기 좋은 날씨다

친구가 알려준 애플선녀
나보다 어려 보이고 트레이닝복을 입고 있는 선녀언니
같이 사는 고양이에게 더 잘해줘
'내 몸에서 고양이 냄새가 나나?'
연애, 직장 걱정하지 말고 혼자 즐겨
'나도 그러고 싶다고요!'
그리고 버건디가 행운의 색이야
'왠 버건디?'
돌아오는 길 버건디색 립스틱을 사고
버건디색 뜨개실을 산다

#이언니쫌내스타일
#믿거나말거나사주

76.

# 주소 입력하기 좋은 날씨다

생일날
두 명의 친구와 전 직장 팀장이
축하 메시지와 함께 똑같은
케익 쿠폰을 보내왔다
거절도 지나치면 예의가 아니다
답장을 보내고
주소를 입력한다
하나는 엄마에게
다른 하나는… 다른 하나는?

#두손모으지마 #맘약해져

77.

## 엉킨 실 풀기 좋은 날씨다

생일날 밤 이리와 와인 반병을 마시고
취해 잠들었다
침대 아래 이리가 버건디색 뜨개실을 목에 감고 널브러져 있다
죽은 거니?
그거 너 조끼 만들어주려고 한 건데
실 한 가닥을 잡아 뽑는다
이리가 놀라 일어나 발버둥 친다
애써 만들어놓은 뜨개질이 풀어진다
한 살 더 먹는 것은 삶이 더 촘촘해지는 것이 아니라
실 한 가닥이 더 풀어지는 게 아닐까

#좀풀어질필요가있다
#끼안띠클라시코 #한병더

78.

## 주말농장 가기 좋은 날씨다

엄마와 이모와 함께 강화도 주말농장에 간다
주말이 아닌 평일이라 사람이 우리밖에 없다
오니까 좋지?
사람이 가끔 흙을 밟아야지
엄마의 핀잔과 이모의 거듦
얼굴에 선크림을 잔뜩 바르고
선글라스를 끼고
팔토시를 하고
방울토마토와 고추와 가지를 딴다
호스로 물을 주다가 발을 헛디뎌 넘어진다
손에 잡히는 한 줌의 흙
살아 있음을 느낀다

NOW IS GOOD

79.
## 별 헤아리기 좋은 날씨다

강화도 펜션
엄마와 이모가 드라마를 보며
술에 취해서 울다가 웃다가 하고 있다
담요를 덮고 밖으로 나가
먼 바다를 본다

엄마와 이모처럼 살기 싫지만
그렇게 살기도 힘들겠지
이렇게 살 수도 이렇게 살지 않을 수도 없을 때가 너무 많다
눈물이 맺힌다
고개를 젖힌다
밤하늘의 별들이 보인다

80.
## 스타일 따라 하기 좋은 날씨다

비 오는 날
식당에서 냉모밀을 먹다가
창밖에 시선이 꽂힌다
얼마 전 잃어버린 내 우산을 쓴 여자가 지나간다
남은 모밀을 폭풍 흡입하고
밖으로 나가 멀리 걸어가고 있는 여자를 따라간다
지하철 역으로 들어간다
우산을 접어 들고 걸어간다
우산과 잘 어울리는 스타일이다
집과 반대 방향으로 가는 지하철을 따라 탄다
여자 옆에 서서 무슨 말을 해야 할지 망설인다
'무슨 향수 쓰세요?'
이 말을 먼저 하고 싶어진다

## 81.
## 선생님과 식사하기 좋은 날씨다

우산 여자를 따라간 날
지하철 안에서 대학 때 선생님을 만났다
때로는 삶이 드라마처럼 우연의 연속이기도 하다
학점 때문에 망설이다 찾아간 연구실
학점은 올려 받지 못했지만
한 시간 가까이 서로 이야기를 나눴다
한동안 연락을 주고받다가 자연스럽게 끊어졌다
선생님은 학교를 그만뒀고 이혼을 했다고 했다
자식들도 독립했고
남은 건 주름뿐이지만
이제 멋진 할머니가 될 준비를 할 거라고 했다
더 놀아, 그래도 돼
선생님은 대학 때도 비슷한 말을 했었다
하지만 그 말에 왜 눈물이 맺히는 걸까

## 82.
## 유서 쓰기 좋은 날씨다

일반인들의 유서를 모아 책을 내기로 한
출판사 친구의 부탁으로 유서를 쓴다

내가 죽는 날 하늘이 맑았으면 좋겠습니다
나를 좋아했던 사람 나를 미워했던 사람
아주 잠시 동안 나를 생각하고
그럭저럭 괜찮은 사람이었지 라고
말했으면 좋겠습니다
나는 죽었습니다
그래도 행복합니다
안녕히 계세요

83.

## 자전거 타기 좋은 날씨다

한강시민공원
자전거를 대여해 탄다
언제 처음 자전거를 탔는지 기억이 나지 않는다
뒤에 앉아 아빠와 엄마,
그리고 구남친의 허리를 잡고 탔던 기억은 생생하다
이제 더 이상 뒤에 앉아 있을 수 없다
시원한 바람이 내 허리를 감싼다

84.

## 도서관 가기 좋은 날씨다

몇 년 만에 구립도서관을 찾아갔다
도서관 대출실에 앉아 이것저것 책을 꺼내 읽는다
책을 읽는 사람들
노트북으로 무언가를 보는 사람들
공부 금지에도 불구하고 열공하는 사람들
창밖으로부터 햇살이 쏟아진다
책 속의 글들이 아지랑이처럼 일렁인다
아주 잠시 동안 눈을 감았다
15분 동안 꿀잠을 잤다
이전보다 상쾌한 기분
시민들의 꿀잠을 위해 더 많은 도서관을 건립하라

#풀냄새 #종이냄새 #바람
냄새 #도서관에서꿈을꾸자

## 85.
## 다이어리 고르기 좋은 날씨다

주말 프리마켓
핸드메이드 다이어리를 만들어 팔고 있다
연도가 저마다 다르다
1876년 1943년 1974년 2012년 2027년 2119년
2012년 입사를 했을 때 샀던 다이어리를 떠올리며
2012년 다이어리를 산다
그때의 나로 돌아가고 싶지는 않지만
그때의 나를 돌아볼 필요는 있을 것이다

2012

86.
## 동물원 가기 좋은 날씨다

대전으로 내려왔다
어릴 적 잠시 살았던 곳
엄마, 아빠와 함께 동물원에 간 적이 있다
부모 손을 잃고 잠시 미아가 되었던 곳
나는 한참 동안 우리에 갇힌 얼룩말을 보고 있었다고 한다
동물원은 폐장되었다
동물원 주변 길을 산책한다
그 많은 동물은 어디로 갔을까
나의 유년도 함께 사라진 것만 같다

87.
## 도플갱어 만나기 좋은 날씨다

대전 맛집을 포기하고
낡은 간판의 식당에 들어간다
동그란 쟁반에 담긴 가정식 백반을 먹는다
으뜸세탁소집 딸 은미 아니니?
아줌마가 유심히 나를 살펴보며 말한다
아, 아니에요
맞는 것 같은데
아니에요, 미역국 정말 맛있어요
은미랑 목소리도 비슷한데
대전 터미널
마주 오는 여자와 눈이 마주친다
서로 놀란다
아니라는 듯 다시 갈 길을 간다
뒤돌아 들릴듯 말듯 이름을 불러본다
은미야
멀어져가는 은미 씨가 두리번거린다
은미 씨, 당신은 무엇을 찾고 있어요?

대전복합터미널

## 88.
## 꽃 사기 좋은 날씨다

도서관에서 오래전 읽다가 포기한 소설
≪댈러웨이 부인≫을 다시 읽는다
그때는 무심코 지나쳤던 첫 문장이 마음에 꽂힌다
"댈러웨이 부인은 파티의 꽃은 자신이 직접 사겠다고 말했다"
이 문장을 몇 번이고 되뇌어본다
황혼이 지고 어스름해질 무렵 집으로 가는 길
꽃집에 들러 꽃을 고른다
그 누구도 아닌 나를 위해
집으로 돌아와 식탁에 꽃을 펼쳐놓는다
꽃은 아무렇게나 놓아도 아름답다
이리가 다가와 꽃 냄새를 맡는다

#쓸데없는아름다움 #퇴
사후에더잘보이는것들

## 89.
## 잠들 때까지 지켜주기 좋은 날씨다

5년 째 살고 있으면서 처음 가본 동네 뒷산
저질 체력임을 새삼 확인하며 산에 오른다
숨을 고르며 더 올라갈 것인가 내려갈 것인가 고민한다
다람쥐 한 마리가 눈에 들어온다
다람쥐를 쫓아 산을 내려온다
이리에게 다람쥐를 본 이야기를 해준다
"그러니까 산의 정령들에게 쫓기다 다람쥐의 도움으로 무사히
산을 내려왔다니까"
이리가 귀를 쫑긋 세우고 듣다 스스르 눈을 감고 잠든다

#끝까지안들어줄거냐

90.

## 복권 긁기 좋은 날씨다

서두를 일도 없는데 버스가 오지 않아 마음이 다급해진다
버스정류장 앞 복권가게를 쳐다보다가 들어간다
복권 두 장을 사서 동전을 꺼내 긁는다
하나는 꽝이고 하나는 5,000원이 됐다
주인이 못마땅한 표정으로 때가 묻은 5,000원을 내민다
누군가의 손에서 손으로
누군가의 마음을 긁고
누군가의 시간을 훔치고
운좋게 나에게 떨어진 5,000원
이 5,000원은 절대 쓰지 않고 간직해야겠다
타야 할 버스의 꽁무니를 쳐다본다

한국은행
오천원
5000

91.

## 옷 정리하기 좋은 날씨다

미루고 미루다 옷장을 뒤엎는다
한 번도 입지 않았던 옷들
비슷한 옷들
회사의 스트레스를 쇼핑으로 풀며 샀던 옷들
세일의 압박에 사이즈를 무시하고 샀던 옷들
앞으로 입지 않을 옷을 박스에 넣는다
썰렁해진 옷장의 남은 옷들을 보고 있으니
나의 취향을 이제야 알 것 같다
내가 누구인지 알기 위해서는
쌓아두는 것이 아니라 비워야 하는 것이구나

## 92.
## 남의 꿈에 출연하기 좋은 날씨다

잠깐 썸을 탔다가 친구로 남은 뒤 멀어진 사람
3년 만에 연락이 왔다
내가 꿈에 나타났는데 걱정이 돼서 연락을 했다고 한다
뻔한 수작 같지는 않지만
내가 꿈에 나오지 않았다면 평생 연락을 하지 않았겠지
서로 잘 지내고 있다는 것을 확인하고
언제 밥 한번 먹자는 형식적인 말로 전화를 끊었다
몇 시간 뒤 도착한 메시지
'잘 살아 있어 정말 고마워'
답문자를 보내려다 그만둔다

#꿈에서도 #지나간사람

93.

## 면접 보기 좋은 날씨다

친구의 소개와 권유로 면접을 보게 됐다
연봉과 복지가 좋다는 말에 마음이 동했다
아침 일찍 일어나 머리를 감고
오랜만에 정장 차림을 한다
집을 나서려는 나를 이리가 붙잡는다
다녀올게
문을 열고 계단을 밟아 내려갔다가 다시 올라온다
친구에게 문자를 보낸다
'미안, 못가겠어
아직 충분하지 않아'

#어영부영 #누가괜찮대서 #잔고가불
안해서 #더는안된다 #내느낌을믿자

94.

## 타투 하기 좋은 날씨다

오래전부터 타투를 하고 싶었다
핸드폰에 도안만 모아놓고 있다가 몇 년이 흘렀다
회사의 눈치가 보여 내 몸을 마음대로 할 수도 없었다
생각하면 그게 뭐 대단한 거라고 그랬을까 싶다
포토샵으로 이리의 캐릭터를 만든다
팔뚝에 동전만 한 이리를 새긴다
간지럽고 따끔하다
타투를 보여주자 이리가 다가와 핥아준다

## 95.
## 우산 같이 쓰기 좋은 날씨다

여러 나라의 불특정 여성을 대상으로 한
무용 프로젝트에 참여하기 위해
스웨덴으로 떠나는 선생님
기회가 되면 더 오래 머물 거야
언제 놀러 와
선생님이 내민 선물
우연히 다시 만났을 때 했던
나의 이야기를 기억하고 계셨다
돌아오는 길
선생님이 준 우산을 펼쳐본다
후두두둑
빗방울 떨어지는 소리가 들린다

## 96.
## 엄마 달래주기 좋은 날씨다

뭔가 우울해 보이는 엄마
남친과 헤어졌어?
남친은 무슨? 이 나이에 내가 미쳤지
그래서 내가 같이 안 만난 거야
이제 우리 딸한테만 잘해줘야지
엄마 자신한테 잘해줘 나도 나한테 잘해줄 거야
우리 딸 뭔가 더 성숙해진 것 같네
놀아서 그래 노니까 뭐가 소중한지 알 것 같아

#나한테잘하자 #놀
아보자 #살아보자

97.

## 출근버스 타기 좋은 날씨다

직장을 그만두고
꼭 한번 다시 출근버스를 타려고 했는데 왠지 겁이 났었다
누군지도 모르는 사람들에게 알 수 없는
분노와 적개심을 갖고 있었던 건 아닐까
나를 짓누르는 출근길의
무게로만 생각했던 타인들
여전히 출근버스는 만원이고
공기의 압박이 느껴진다
이들 모두가 출근이 목적이 아닌 누군가는 나처럼
아침의 출근길을 더듬고 있을지도 모른다
아주 천천히 무심코 지나쳤던 것들을 다시 보면서…
계속 이렇게 살아도 괜찮습니다

#같은버스 #다른느낌

98.

## 이웃과 인사하기 좋은 날씨다

오랜만에 미세먼지 없는 맑은 날
긴 목줄을 맨 이리와 옥상에 올라간다
옥상의 난간을 아슬아슬하게 기어가며
야생성을 만끽하는 이리
이 줄을 풀어주면 넌 도망갈까
이리가 소리를 낸다
맞은편 옥상의 여자가 두 마리 고양이와
나처럼 놀고 있다
여자가 목소리를 높여 말한다
이름이 뭐예요?
나 역시 큰 목소리로 대답한다
이리요
전 우동이요
네?
그리고 소바요
우동과 소바
아, 네
반가워요, 새로 이사 왔어요

99.

## 여권 갱신하기 좋은 날씨다

당장 떠나지 않아도 언제든 떠날 수 있게 여권을 갱신한다
10년으로 해드려요?
네, 10년이요
10년 뒤의 날짜를 본다
10년 뒤에 여권을 갱신하는 나를 떠올린다
누구와 살든
어떤 모습이든
나란 사람
나란 당신
여전히 잘 살고 있어야 해
그때도 좋은 날씨일 거야

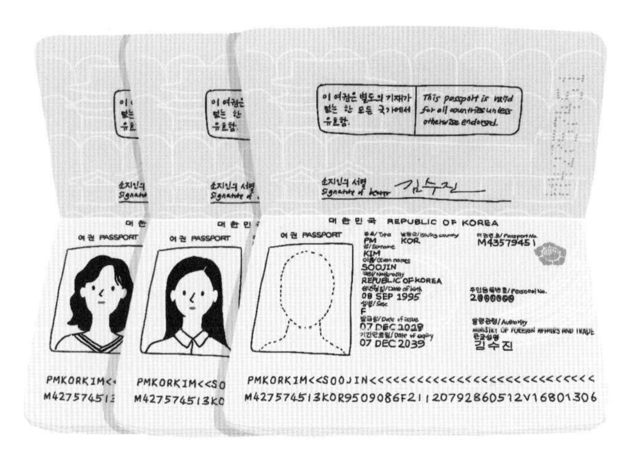


#10년전의나는 #지금
의나를 #기대했던가

# Epilogue°

안녕하세요? 이리입니다.
어릴 적 높은 곳에서 뛰어내리기를 주저했고,
고양이의 언어를 늦게 배우기도 했지요.
달리다가 넘어지는 고양이를 본 적이 있나요?
야옹 소리를 잘 못 내는 고양이를 본 적이 있나요?
그게 바로 접니다.
(이번 생은 그냥 이렇게 살아가렵니다.)

소심하고 열등한 고양이.
하지만 누군가 다정하게 부르면 못 이기는 척 따라가는 건
도무지 어떤 마음인지.
(배가 고픈 마음이겠지요.)

몇 개의 이름을 가졌었지만
이리라는 이름이 마음에 들어
이리라고 부르는 수진을 따라갔지요.
(사실 아이스크림 때문입니다.)

수진은 버릇처럼 날씨 이야기를 합니다.
처음엔 그게 이상했는데
이젠 익숙해져서 나도 날씨, 날씨 하고 따라 합니다.
(얹혀살려면 집사 흉내도 가끔 내줘야 합니다.)

수진에게 날씨는 마법의 주문 같은 걸지도 몰라요.
그녀의 삶을 돌아보고 위로하는.
변덕스러운 날씨처럼
바보같이 웃기도 하고
바보같이 울기도 하지요.
(내가 바닥에 털을 뿌리는 것은 당신에게 공감하고 있다는
신호입니다.)

수진은 맥주 한 잔에 취해 또 창밖의 밤하늘을 바라보네요.
내일, 우리의 날씨는 어떨까요?
(내일의 날씨는 내일에게 맡기고 그만 잡시다. 내일도 빈둥빈둥
할 일이 많아요.)

_이리

퇴사하기 좋은 날씨다

초판 1쇄 인쇄 2019년 8월 23일
초판 1쇄 발행 2019년 9월 5일

지은이 이리와 수진
펴낸이 김문식 최민석
기획편집 이수민 김현진 박예나 김소정 윤예슬
디자인 김수진
제작 제이오
펴낸곳 (주)해피북스투유
출판등록 서울시 성북구 종암로 63, 4층 402호(종암동)
전화번호 02 336 1203
팩스 02 336 1209


ISBN 979-11-6479-030-2 03810